Princesse Zoé
et la cérémonie du coquillage

À toi, très chère Zoé, avec toute ma tendresse, V.F.
Remerciements spéciaux à J.D.

Cet ouvrage a initialement paru en langue anglaise en 2008
chez Orchard Books sous le titre :
Princess Zoe and the Wishing Shell.
© Vivian French 2008 pour le texte.
© Orchard Books 2008 pour les illustrations.

© Hachette Livre 2011 pour la présente édition.

Adapté de l'anglais par Natacha Godeau

Mise en page et colorisation : Valérie Gibert et Philippe Sedletzki

Hachette Livre, 43 quai de Grenelle, 75015 Paris

Vivian French

PRINCESSE Academy
Le Manoir d'Émeraude

Princesse Zoé
et la cérémonie du coquillage

hachette JEUNESSE

PRINCESSE
Academy
Le Manoir d'Émeraude

Institution

pour Princesses Modèles

Devise de l'école :

Une Princesse Modèle
est honnête, aimable
et attentionnée.
Le bien-être des autres
est sa priorité.

Le Manoir d'Émeraude
étant situé au bord de la mer,
notre programme inclut :

- Une visite à l'Aquarium Royal
- Des leçons de natation
- Une excursion à l'Île Aux Goélands
- L'étude du comportement des baleines

Notre directrice, la Reine Gwendoline, habite
l'aile principale du manoir. Nos élèves sont
placées sous
la surveillance de l'Enchanteresse
en chef Marraine Fée
et de son assistante Fée Angora.

Liste des professeurs :

- La Reine Marjorie
(Éducation Sportive)

- Le Roi Jonas
(Capitaine de *La Perle des Mers*)

- Lord Henri
(Sciences de la Nature)

- La Reine Mère Matilda
(Maintien, Bonnes Manières et Art Floral)

Les princesses sont notées à l'aide
de Points Diadème. Les meilleures
élèves reçoivent leur Écharpe
d'Émeraude pendant le Bal de Fin
d'Année. Elles peuvent ensuite
s'inscrire aux Tours de Diamants
afin d'y parfaire leur éducation.

Le jour de la rentrée,
chaque princesse est priée
de se présenter munie de :

- Dix tenues de bal
- Sept robes de cocktail
- Cinq ensembles de jour
- Cinq paires de souliers de fête
- Sept maillots de bain
- Une ombrelle
- Une capeline en paille
- Un sac de plage soigneusement préparé.

La Chambre des Jonquilles

• Princesse Mélanie a confiance en elle

• Princesse Amélie est étourdie mais décidée

• Princesse Léa ne craint rien ni personne

Princesse Rosa sait garder son calme

• Princesse Zoé aime que tout soit beau et joyeux

• Princesse Rachel n'abandonne jamais

SANS OUBLIER...

• Les jumelles Précieuse et Perla, les deux pestes de la Princesse Academy !

Coucou !
Je suis Princesse Zoé, et je te souhaite la bienvenue
au Manoir d'Émeraude ! On est au bord de la mer,
ici. Avec mes amies de la Chambre des Jonquilles,
les Princesses Amélie, Léa, Rosa, Mélanie et
Rachel, on adore aller se promener sur la plage…

C'est quand même plus drôle que d'étudier
en classe !

Chapitre premier

Ça y est, c'est la fin de l'année ! Depuis deux semaines, la Reine Mère Matilda nous oblige à nous entraîner pour la Grande Cérémonie, le jour de la remise des Écharpes d'Émeraude. Elle est très sévère. Elle crie tout le temps !

— Tenez-vous mieux, Princesse Charlotte ! Princesse Zoé : de la grâce, s'il vous plaît !

Elle n'est jamais contente de nous. Je l'avoue : ce matin, je n'ai pas très envie d'assister à sa leçon… Pourtant, elle nous attend

dans la salle de bal. Et nous avons intérêt à nous dépêcher !

— Vite, on va être en retard ! s'inquiète Rachel, dans le couloir. Vous vous rappelez les consignes, pour la cérémonie ?

— On devra avancer de six pas

sur le pont, au bout de la jetée, puis faire demi-tour et compter encore six pas pour revenir à notre point de départ, répond Léa.

Rachel panique.

— Je ne m'en souviendrai jamais ! Et je n'aurai pas mon Écharpe d'Émeraude…

— Moi non plus, gémit Amélie. Ça va être horrible !

Je pousse un soupir.

— J'ai vérifié mon nombre de Points Diadème, hier. Je n'en ai trouvé que trente… Alors que Perla n'arrête pas de se vanter d'en avoir au moins deux mille !

— Elle ment, proteste Rosa.

Léa me prend par le bras. Elle renchérit :

— Bien sûr, qu'elle ment ! Cette peste ne peut pas avoir autant de Points Diadème. Et toi, Zoé, tu ne peux pas en avoir aussi

peu. Tu t'es trompée en calcu-
lant, voilà tout !

Mes amies sont gentilles. Elles
essaient de me rassurer. Mais j'ai
fait un cauchemar terrible, cette
nuit. J'ai rêvé que j'étais la seule
élève à ne pas recevoir son
Écharpe d'Émeraude. Quelle
angoisse !

— Hé ! Regardez !

Je sursaute. Amélie vient d'ou-
vrir la porte de la salle de bal.
C'est Marraine Fée, qui est là,
et pas la Reine Mère Matilda !
Hourra !

Nous avançons vers elle en souriant. L'Enchanteresse en Chef

est notre professeur préféré ! Par contre, je suis inquiète : nos bureaux sont alignés devant l'estrade. Pourvu qu'on n'ait pas une interrogation écrite… Hier, je pensais trop au Bal de Fin d'Année, et je n'ai pas bien écouté en classe. Si ça se trouve, Marraine Fée nous a conseillé de réviser nos leçons !

— Ça ne va pas, Zoé ? me demande Léa. Tu es toute pâle…

— Si, si, ça va.

Mais en vérité, je tremble de peur en m'asseyant à ma place !

— Bonjour, mes chères princesses ! s'exclame alors l'Enchanteresse de sa grosse voix. Votre Leçon de Bonnes Manières aura lieu aujourd'hui après un Cours de Vœux Bien Choisis.

Elle fouille dans son grand sac brodé de fleurs. Elle en sort un magnifique coquillage nacré et explique :

— Ce Coquillage Magique nous a été offert il y a longtemps par la Reine des Sirènes. Il a le pouvoir d'exaucer les souhaits.

— Oh !

Nous le regardons, émerveil-lées. L'Enchanteresse continue :

— Selon la tradition, vous avez droit chacune à un vœu de Fin

d'Année. Mais attention : seuls
les vœux bien choisis seront

exaucés. Qui peut me réciter ce qu'est un vœu bien choisi ?

Léa lève la main.

— C'est un vœu intelligent et généreux.

— Exactement, Princesse Léa.

L'Enchanteresse agite sa baguette d'argent. Des étincelles en surgissent et, aussitôt, des feuilles et des crayons apparaissent sur nos tables. Notre professeur nous fait signe de les prendre.

— Maintenant, vous allez écrire chacune votre vœu sur une feuille. La Reine Gwendoline donnera dix Points Diadème à la princesse qui aura formulé le

plus raisonnable et le moins égoïste des souhaits.

— On doit bien réfléchir avant de le choisir ! murmure Amélie.

Elle a raison. Dix Points Diadème ! J'adorerais les avoir ! Marraine Fée termine :

— Je vous attendrai ici même après le déjeuner. Vous chuchoterez votre vœu au Coquillage Magique. J'espère qu'il acceptera de tous les exaucer !

Nous applaudissons. C'est si fantastique, de pouvoir faire un souhait *pour de vrai* ! J'ai l'impression de rêver !

Chapitre deux

Oh là là ! J'ai tellement peur de me tromper de vœu que je n'arrive pas à me décider. Lequel choisir ? Il y en a tant ! Amélie, à ma droite, écrit sur sa feuille en souriant.

« Quelle chance, elle a trouvé son vœu ! » je pense.

Alors, pour m'aider à réfléchir, je regarde autour de moi. Assises ensemble à la dernière rangée, Précieuse et Perla se mettent à bavarder. Mais Marraine Fée fronce les sourcils et, aussitôt, elles se taisent. Léa lève la tête, curieuse. Elle me fait un clin d'œil. Elle a l'air ravie. Elle a choisi son vœu, elle aussi ! Puis la cloche sonne la fin de la classe. Et tout le monde a terminé d'écrire… sauf moi ! Je lève la main.

— S'il vous plaît, Marraine Fée… Je n'ai pas encore trouvé de vœu.

Au lieu de se fâcher, l'Enchanteresse remarque :

— Ce n'est pas grave, Princesse

Zoé. Je préfère que vous réfléchissiez bien, plutôt que d'écrire n'importe quoi.

Ouf ! Je suis rassurée ! Je demande :

— Vous me laissez plus de temps ?

— Pas maintenant, répond la fée. La Reine Mère Matilda va venir vous chercher avec vos amies. Elle vous emmène au ponton, vous entraîner pour la Grande Cérémonie. Réfléchissez là-bas, et vous me confierez votre vœu à votre retour.

— Oh, merci, Marraine Fée !

Elle me tapote l'épaule.

— Soyez gentille, Princesse Zoé. Ramassez les autres copies et posez-les sur mon bureau. Je les lirai en attendant.

Je passe de table en table prendre les feuilles des élèves. Perla persifle tout bas :

— Zoé-la-chouchoute ! Tu devrais mourir de honte !

Bien sûr, je ne réponds pas. Je fais semblant de ne pas avoir entendu. Perla serait trop contente de m'avoir vexée ! Je me dépêche d'aller poser les copies sur le bureau de Marraine Fée. Mais je dois être très rouge, parce qu'elle me fixe bizarrement.

Heureusement, elle ne me demande rien. Et au même moment, la Reine Mère Matilda entre dans la salle de bal.

— Bonjour, Votre Majesté !

— Bonjour, princesses ! C'est la répétition générale, aujourd'hui. Montez aux dortoirs enfiler votre plus belle robe de bal, celle que vous porterez le jour de la cérémonie. Puis rejoignez-moi dans le vestibule.

Vite, nous grimpons l'escalier. J'accompagne mes amies dans la Chambre des Jonquilles et j'oublie les méchancetés de Perla. Je suis si impatiente d'essayer ma

nouvelle tenue ! Mélanie s'exclame :

— Ma robe est fabuleuse !

— La mienne est féerique !
renchérit Rachel.

— Et la mienne, sensationnelle !
dit Rosa.

Amélie et Léa éclatent de rire
en s'habillant. Nous sommes toutes très fières de nos jolies tenues.
Je contemple mon reflet dans le
miroir. Sans me vanter, je suis
vraiment très élégante !

— Descendons, la Reine Mère
Matilda nous attend, conseille
soudain Rosa.

Nous quittons le dortoir et

dévalons l'escalier. Nous croisons Précieuse et Perla, qui sortent aussi de leur chambre. Nous en restons bouche bée. Leurs robes sont *incroyables*! Elles ont d'immenses traînes brodées de perles et de dentelles. Et Perla porte même une énorme broche en diamants! Je l'admire avec de grands yeux. Précieuse proteste :

— Tu as vu, Zoé? On est jumelles, avec Perla. Normalement, on devrait toutes les deux porter cette broche. Mais Perla refuse de me la prêter!

— Oh, ça va! gronde Perla. J'ai décidé de demander au

coquillage qu'il fasse apparaître une deuxième broche pour toi. Alors, arrête de te plaindre, s'il te plaît!

Mélanie secoue la tête d'un air désolé.

— Tu crois que c'est un vœu assez bien choisi pour que le coquillage accepte de l'exaucer, Perla?

— Évidemment! C'est un vœu très généreux!

— Mais il est peut-être un peu idiot? s'inquiète soudain Précieuse. La grande sœur d'Alice était élève ici, l'année dernière. Et d'après elle, le coquillage ne réalise jamais un souhait égoïste, comme par exemple vouloir des cheveux soyeux !

Rosa soupire et dit :

— Je voulais souhaiter que le Bal de Fin d'Année soit réussi pour tout le monde. Tu penses que c'est un bon choix ?

Précieuse devient toute rose de bonheur. Pour une fois qu'on s'adresse à elle à la place de Perla ! Elle répond :

— Je pense que c'est un excellent choix, Rosa. J'ai fait le même que toi !

— Comment ?!

Perla est folle de colère, brusquement.

— Tu m'as trahie, Précieuse, tu avais promis de demander au coquillage de me donner mille Points Diadème ! Tu n'es qu'une menteuse. Si c'est ça, tant pis pour toi, je vais changer de vœu !

Chapitre trois

Perla est furieuse. Elle s'éloigne à grands pas vers le vestibule. Précieuse hausse les épaules.

— Elle n'avait qu'à me laisser porter la broche. Après tout, ce bijou n'est pas à elle !

À ces mots, elle se met à bégayer :

— Oh non ! C'était un secret !

— On ne dira rien, la rassure Rachel. Mais à qui est la broche ?

Précieuse fixe ses chaussures d'un air honteux.

— Elle est à notre mère. En fait, elle ne nous l'a pas vraiment prêtée… Perla l'a prise en cachette dans son coffret à bijoux !

— Mais c'est du vol ! s'exclame Rosa.

Précieuse murmure :

— Moi, je n'étais pas d'accord, je n'y suis pour rien. Perla va la lui rendre après le bal, bien sûr.

— En tout cas, c'est un très

beau bijou, remarque Amélie. Il doit valoir une fortune…

La Reine Mère Matilda arrive soudain en nous grondant.

— Vous croyez que nous avons toute la journée devant nous?

— Pardon, Votre Majesté ! s'excuse timidement Léa.

Et nous filons dans le vestibule. La Reine Mère Matilda ouvre la porte d'entrée. Puis nous sortons en rang bien ordonné. Nous traversons l'allée avec grâce. Enfin, nous arrivons au ponton de bois, à l'autre bout du jardin. Précieuse marche à côté de moi, loin de Perla qui boude encore, devant nous. Elles sont obligées de tenir leur longue traîne, pour ne pas se prendre les pieds dedans. Je suis sûre qu'elles n'avaient pas pensé à ça !

— Zoé ?

Je me retourne vers Précieuse. Ses yeux brillent de joie. Elle me demande :

— À ton avis, la broche que le coquillage fera apparaître *rien que pour moi* sera en vrais diamants, elle aussi ?

— Je ne sais pas, Précieuse.

Je suis embêtée. Si cette broche a autant de valeur, Perla ne devrait pas venir à l'école avec. Mais je ne peux pas prévenir la Reine Mère Matilda. Je ne suis pas une rapporteuse ! Je bredouille :

— Moi, à la place de Perla, je n'oserais pas monter sur le ponton avec la broche...

— Ça ne risque rien, voyons ! se moque Précieuse. Et puis, tu vois comme elle scintille au soleil ? C'est magnifique !

Je n'ai pas le temps de lui répondre. Déjà, la Reine Mère Matilda commence son cours. Nous nous alignons sur le ponton où nous avançons en comptant nos pas.

— La tête droite, les épaules basses ! recommande notre professeur. Ne souriez pas trop ! Et maintenant, demi-tour !

Je m'applique. Pourtant, la Reine Mère Matilda se met à crier :

— Non, Princesse Zoé ! Pas comme ça, le demi-tour !

Je m'arrête. Elle ajoute :

— Parfait, Princesse Perla. Montrez à Princesse Zoé comment on fait.

Aussitôt, Perla relève le menton d'un air hautain. Elle se croit la meilleure des princesses de l'univers ! Et elle repart au bout du ponton en six pas. La Reine Mère Matilda m'ordonne de l'imiter. Mais en faisant demi-tour, Perla fait exprès de me bousculer.

— Aïe ! Cette maladroite de Zoé vient de m'écraser le pied ! hurle-t-elle.

Ça alors, je ne l'ai même pas touchée ! Elle joue la comédie

pour me faire punir ! Pourtant, tout à coup, elle se tait. Elle regarde partout sur sa robe et s'affole :

— Ma broche ! Je l'ai perdue !

Chapitre quatre

Perla est toute pâle. Elle panique complètement !

— Oh non ! Oh non ! Oh non !

La Reine Mère Matilda se précipite vers nous. Elle fronce les sourcils d'une mine sévère.

— Que se passe-t-il, Princesse

Perla ? C'est votre pied ? Princesse
Zoé vous a donc fait si mal ?

— Non, c'est ma broche! répond Perla en sanglotant. Elle est tombée quelque part et je ne la retrouve plus!

— Votre broche?

La Reine Mère Matilda pose les poings sur les hanches.

— Ne me dites pas qu'elle avait de la valeur? Vous connaissez le règlement, Princesse Perla. Il est strictement interdit de venir en classe avec des bijoux précieux. Si vous en avez, vous *devez* les laisser dans le coffre-fort de la Reine Gwendoline!

Perla hésite. Comme elle a désobéi, elle préfère mentir:

— C'était une broche en faux diamants, Votre Majesté…

— Vous pourrez facilement vous en procurer une autre, dans ce cas. Séchez vos larmes et reprenons notre entraînement.

La Reine Mère nous fait signe de nous aligner et de traverser à nouveau le ponton. Un, deux, trois, quatre, cinq, six pas. Puis demi-tour et un, deux, trois, quatre, cinq, six pas. Révérence. Je crois que nous sommes enfin prêtes pour la Grande Cérémonie, mais…

— Encore une fois, princesses !

Perla ouvre la marche. Elle

semble si malheureuse, j'ai de la peine pour elle ! Je cherche la broche du regard, sur le ponton. Je ne trouve rien, c'est dommage. Mais j'ai quand même une idée ! La marée va bientôt redescendre. Les vagues ne viendront plus sur la plage, et je pourrai alors fouiller dans le sable, sous le ponton. Après tout, la broche a peut-être glissé entre deux planches ?

Enfin, la Reine Mère déclare :

— La leçon est terminée, mes chères princesses !

Et nous rentrons au Manoir d'Émeraude. Précieuse et Perla se sont réconciliées. Comme d'habitude, elles marchent à l'écart. Je les rejoins pour leur expliquer mon idée. Mais dès qu'elle m'aperçoit, Perla attrape sa sœur par le bras en s'éloignant.

— Laisse-nous tranquilles, Zoé. C'est ta faute, si j'ai perdu la broche de maman !

Je me sens triste. J'aurais tant voulu les aider… Et puis en plus, elles m'accusent, maintenant !

— Qu'est-ce que tu as, Zoé ?

Rachel s'approche, l'air étonné.

— Tu t'es disputée avec les jumelles ?

— Je voulais leur proposer de chercher la broche dans le sable, ce soir, après l'école. Mais Perla refuse de me parler.

— Tu sais, Zoé. Même si « une Princesse Modèle doit toujours aider les autres », tu ne peux pas forcer Perla à t'écouter.

Je hoche la tête. Perla est une peste, c'est certain. Pourtant, elle est si embêtée à cause de cette broche qu'elle me fait pitié…

Chapitre cinq

Nous courons au dortoir nous changer pour le déjeuner. Nous suspendons nos belles robes de bal dans l'armoire. Nous veillons à ne pas les froisser. Et Rachel explique aux autres ce qui s'est passé entre Perla et moi. Léa s'écrie :

— Si Perla ne veut plus te parler, Zoé, elle ne mérite pas que tu
l'aides.

— C'est vrai ça, renchérit
Amélie.

Rosa et Mélanie hésitent.

— Perla a fait une énorme bêtise. C'est pour ça, qu'elle a été méchante. Elle a trop peur !

— Moi, je pense comme Mélanie, affirme Rosa. Perla risque d'avoir des ennuis terribles, et elle a besoin d'un coup de main. Si on allait ensemble sur la plage, après la classe ? On trouvera peut-être la broche dans le sable !

Mélanie se retient de rire en ajoutant :

— Et on la confiera à Précieuse, ce sera plus prudent !

Nous pouffons en sortant de notre chambre. La cloche de la cantine vient de sonner, et nous descendons rapidement au réfectoire. Précieuse est déjà là. Elle déjeune avec Katie, de la Chambre des Roses. Perla arrive juste en même temps que nous. Elle a les yeux rouges, comme si elle avait beaucoup pleuré. Elle s'assoit à la table du fond. Et tu ne devineras jamais : j'ai le cœur serré de la voir toute seule, comme ça ! Mes amies me demandent alors :

— Tu viens, Zoé ?

Elles se sont installées près de la fenêtre. Elles bavardent gaiement, et Rosa me souffle un bisou pour que je les rejoigne.

Elle m'a réservé une place près d'elle. Je souris. J'ai de la chance, d'avoir des amies aussi formidables !

« Même si j'avais droit à cent vœux, je ne pourrais jamais rien demander de mieux au Coquillage Magique ! » je pense.

Et j'ai encore plus de chagrin pour Perla. Elle, elle n'a personne sur qui compter… Alors, c'est plus fort que moi : je décide d'aller m'asseoir à côté d'elle !

— Zoé ?!

Elle est encore plus surprise que mes amies ! Je me demande si elle va se fâcher. Mais elle pousse juste un long soupir. J'essaie de la réconforter :

—J'ai une idée, Perla ! Faisons un marché. Je n'ai pas encore choisi mon vœu, pour tout à l'heure. Si je souhaite que tu retrouves ta broche dans le sable,

sous le ponton, tu promets de l'enfermer *immédiatement* dans le coffre-fort de la Reine Gwendoline ?

Perla ne répond pas tout de suite. Et puis, finalement, elle hoche la tête. Je me lève alors de table pour aller dire mon souhait à Marraine Fée… justement au moment où elle entre au réfectoire.

— Princesse Zoé ! Voici votre copie, pour noter votre vœu. Vous devez toutes murmurer votre souhait au Coquillage Magique ici même, après le déjeuner.

69

J'écris donc mon vœu sur ma feuille. Marraine Fée le lit à voix basse. Elle m'adresse un clin d'œil.

— C'est un vœu très généreux, Princesse Zoé. Bravo !

Puis elle quitte la pièce avec la Reine Gwendoline. Elles vont certainement chercher le coquillage ! Vite, je retourne près de Perla. Et soudain, Amélie, Rosa, Mélanie, Rachel et Léa viennent s'asseoir avec nous. Alors Perla se penche à mon oreille et chuchote :

— Merci, Zoé.

Ah ! Tout de même, ce n'est pas trop tôt !

Chapitre six

Marraine Fée revient peu après au réfectoire. Elle nous demande de rester en silence à nos places.

— Ils vont apporter le Coquillage Magique ! je devine.

J'attends avec mes amies, le cœur battant à cent à l'heure. Et subitement: *ta-tatata-ta-tata*! Une trompette retentit dans le couloir. Des violons enchaînent, et la Reine Gwendoline entre d'un pas majestueux dans la salle. Un serviteur marche à sa droite. Il porte un gros coussin de velours bleu sur lequel trône le Coquillage Magique. Il le dépose sur la table basse. Puis Marraine Fée agite sa baguette au-dessus du coquillage. Aussitôt, il se met à scintiller, comme si une petite lumière rose brillait à l'intérieur.

— Mettez-vous en ligne devant le coquillage ! nous ordonne la Reine Gwendoline.

J'ai tellement le trac que j'ai l'impression d'avoir une boule dans la gorge. Et si le coquillage ne réalisait pas mon vœu? Ce serait vraiment trop affreux! La Directrice ajoute:

— Chacune à votre tour, penchez-vous sur le Coquillage Magique et chuchotez-lui votre souhait. Princesse Amélie, commencez, je vous prie.

Et là, c'est *extraordinaire*! Dès qu'Amélie a fini de murmurer son vœu, un magnifique collier de perles apparaît autour de mon cou. Vite, je regarde Mélanie, Rosa, Léa et Rachel:

elles aussi, elles ont un collier !
Ensuite, c'est à Mélanie de faire

un souhait. Et *hop!* Un autre collier apparaît au cou d'Amélie! Nous nous embrassons en riant pendant que Perla s'approche du coquillage. Elle lui souffle son vœu. Et une broche étincelante se retrouve épinglée à la robe de Précieuse!

— Oh, merci! s'écrie cette dernière en serrant sa sœur dans ses bras. Tu as respecté ta promesse! Je regrette de m'être fâchée contre toi, tu sais…

— Du calme, Précieuse! ronchonne Perla, mal à l'aise.

Elle n'a pas l'habitude de faire une bonne action! Maintenant, c'est à mon tour. Je chuchote mon souhait au coquillage. Comme il ne se passe rien, j'ai très peur. Et puis, ouf! le coquil-

lage se met à briller plus fort, et je comprends que mon vœu s'est réalisé. Perla se précipite vers la Reine Gwendoline.

— Votre Majesté ! J'aimerais avoir la permission d'aller sur la plage, près du ponton. J'ai été bête. J'ai emprunté la broche en diamants de maman, et je l'ai perdue. Mais je crois que, grâce à Zoé, je vais la retrouver dans le sable !

— Zoé ? répète la Directrice en me dévisageant.

Perla rougit. Elle se force à dire :

— Oui, Votre Altesse. On dirait que Zoé est une Princesse Modèle…

— En effet, Princesse Perla. Sacrifier son propre vœu pour aider une autre élève est digne de

félicitations royales. Courez chercher votre broche, que je puisse
l'enfermer en lieu sûr dans mon
coffre-fort !

Perla s'en va aussitôt. La Reine Gwendoline reprend :

— Quant à vous, Princesse Zoé, je vous donne dix Points Diadème bien mérités. Votre vœu est le plus généreux de tous, et vous êtes à présent la meilleure élève de l'école. Le soir de la Grande Cérémonie, j'aurai donc

l'honneur de vous remettre votre Écharpe d'Émeraude en premier. Puis vous ouvrirez le Bal de Fin d'Année !

— Hip, hip, hip, hourra pour Zoé ! s'exclament mes amies.

Je rougis, flattée. Je me sens très fière, tout à coup !

La semaine passe à toute vitesse. Et le soir de la Grande Cérémonie arrive enfin. Avec mes amies, nous enfilons nos robes de bal. Sans oublier les colliers que le coquillage a fait apparaître ! Ensuite, Marraine Fée nous conduit au ponton. J'ai le trac !

Quand la lune scintille dans le ciel, la Reine Gwendoline vient solennellement nous remettre nos Écharpes d'Émeraude. Et tu sais quoi ? Nous avons toutes assez bien travaillé pour la mériter ! Nous défilons avec, comme la Reine Mère Matilda nous l'a

montré. Et je réussis parfaite-
ment mon demi-tour !

— Que le bal commence !
déclare alors la Reine Gwendoline.

Nous rentrons en rang au
Manoir d'Émeraude. La décora-
tion de la salle de bal est fabuleuse !
L'orchestre joue une polka vraiment très gaie, et j'ouvre la danse

en invitant mes amies sur la piste. Puis nous tournons, valsons, virevoltons jusqu'à minuit !

— Mon vœu s'est exaucé ! se félicite Marie.

— Oui, le mien aussi ! renchérit Lucie.

Beaucoup d'élèves ont souhaité la même chose : que le Bal de Fin d'Année soit réussi et joyeux ! Eh bien, je ne me suis jamais autant amusée à un bal ! Même Marraine Fée et la Reine Gwendoline dansent avec nous ! Mélanie me prend par la main en riant.

—J'espère qu'à la rentrée, aux

Tours de Diamants, on sera aussi bien qu'ici !

— Mais bien sûr ! je réponds sans hésiter.

Je n'ai aucun doute. Parce que là-bas, je retrouverai toutes mes meilleures amies : Amélie, Léa, Rosa, Mélanie, Rachel… et toi !

FIN

Que se passe-t-il ensuite ?
Pour le savoir,
regarde vite la page suivante !

Retrouve très bientôt les élèves de la Princesse Academy !

Pour cette rentrée, les Princesses t'accueillent aux Tours de Diamants…

PRINCESSE
Academy
Les Tours de Diamants

Les as-tu tous lus ?

Princesse Charlotte
ouvre le bal

Princesse Katie
fait un vœu

Princesse Daisy
a du courage

Princesse Alice
et le Miroir Magique

Princesse Sophie
ne se laisse pas faire

Princesse Émilie
et l'apprentie fée

Saison 2 : les Tours d'Argent

Princesse Charlotte
et la Rose Enchantée

Princesse Katie
et le Balai Dansant

Princesse Daisy
et le Carrousel Fabuleux

Princesse Alice
et la Pantoufle de Verre

Princesse Sophie
et le bal du Prince

Princesse Émilie
et l'Étoile des Souhaits

Retrouve toutes les histoires de la Princesse Academy dans les livres précédents.

Saison 3 : le Palais Rubis

Princesse Chloé entre dans la danse

Princesse Jessica a un cœur d'or

Princesse Olivia croit au Prince Charmant

Princesse Marie garde le sourire

Princesse Maya fait le bon choix

Princesse Noémie n'oublie pas ses amies

Princesse Noémie et la Serre Royale

Princesse Olivia et le Bal des Papillons

Le Bal des Papillons

Connecte-toi vite sur le site de tes héros préférés :
www.bibliotheque-rose.com
· Tout sur ta série préférée
· De super concours tous les mois

Les as-tu tous lus ?

Saison 4 : le Château de Nacre

Princesse Anna
et Noires-Moustaches

Princesse Isabelle
et Blanche-Crinière

Princesse Lucie
et Truffe-Caramel

Princesse Inès
et Plume-d'Or

Princesse Emma
et Sabots-Bruns

Princesse Sarah
et Duvet-d'Argent

Saison 5 : le Manoir d'Émeraude

Princesse Amélie
et le sauvetage
du petit phoque

Princesse Léa
et le trésor
de l'hippocampe

Princesse Rosa
et le mystère
de la baleine

Princesse Mélanie
et le secret
de la sirène

Princesse Rachel
et le bal
des dauphins

Table

«Pour l'éditeur, le principe est d'utiliser des papiers composés de fibres naturelles, renouvelables, recyclables et fabriquées à partir de bois issus de forêts qui adoptent un système d'aménagement durable. En outre, l'éditeur attend de ses fournisseurs de papier qu'ils s'inscrivent dans une démarche de certification environnementale reconnue.»

Imprimé en France par Jean Lamour – Groupe Qualibris
Dépôt légal : juin 2011
20.24.2064.2 /01– ISBN 978-2-01-202064-1
Loi n° 49956 du 16 juillet 1949
sur les publications destinées à la jeunesse